Coup "de Chaussée" p. 7

Bâton cautoral p. 8

gondole de jade p. 8

Vénus L. Lowendal p. 8

tables d'ivoire p. 9

diptyques p. 9

intaille de Jahé p. 23

buste de Barthélémy par Houdon p. 28

buste d'Auguste (camée) p. 30

"   d'Alexandre (") p. 31

camée d'Auguste p. 36

Germanicus et Agrippine (cerq. Néphéline)
(camée)   p. 35

et Table au verso de la p. de titre

Les objets provenant de S. Denis,
ont été apportés au Cab. du Méd.
Le 29 Nivose An 9. 1751.

la Bibliothèque du Roi, dit Voltaire (dans le Dict. phil.) [1], est une des plus nobles institutions. Il n'y a point de dépense plus magnifique, plus utile. C'est sans contredit le monument le plus précieux qu'il y ait en France.

NOTICE

DES MONUMENS

EXPOSÉS DANS LE CABINET

DES MÉDAILLES, ANTIQUES,

ET PIERRES GRAVÉES

DE LA BIBLIOTHÈQUE DU ROI;

Suivie d'une description des objets les plus curieux que renferme cet Établissement, de notes historiques sur sa fondation, ses accroissemens, etc., etc.;

PAR M. DUMERSAN.

NOUVELLE ÉDITION, CONSIDÉRABLEMENT AUGMENTÉE.

PRIX : 2 FRANCS.

PARIS,

CHEZ L'AUTEUR,

RUE NEUVE-DES-PETITS-CHAMPS, N°. 12.

1828.

TABLE

DES PRINCIPAUX ARTICLES.

IMPRIMERIE DE A. CONIAM,

FAUBOURG MONTMARTRE, N° 4.

NOTICE

SUR

LA BIBLIOTHÈQUE DU ROI.

~~~~~~

CABINET DES MÉDAILLES,

ANTIQUES ET PIERRES GRAVÉES.

Des deux côtés de la salle, sont des tableaux de *Na-toire* et de *Vanloo*, représentant Apollon et les Muses ; les dessus-de-porte sont de *Boucher*, le portrait de Louis XIV, d'après Rigaud, est fait par M. *Pellier;* et celui de Louis XVIII, par M. *Scheffer.*

PIERRES GRAVÉES.

Les pierres gravées sont arrangées dans des montres vitrées. On les distingue en *intailles* (1) et *camées* (2). Les intailles sont des pierres gravées en creux ; les ca-mées sont gravés en relief.

─────────────────

(1) Du mot italien *intaglio*, qui vient du verbe latin *inta-liare, intalio :* tailler, former en taillant.

(2) Il y a plusieurs opinions sur l'étymologie de ce mot. Quel-ques-uns le font venir de l'hébreu *camea*, en arabe *camaa*, qui signifie amulette. D'autres ont cru qu'il venait du mot *chama*, chame, coquille, parce que l'on grave aussi sur cette matière ; mais les coquilles n'ont été employées que par les modernes. On disait autrefois en vieux français *camaïeu.*

PREMIÈRE MONTRE.

Pierres gravées Egyptiennes, Etrusques et Persépolitaines.

Première division. — Pierres gravées nommées *scarabées*, à cause de la figure de l'insecte qu'elles représentent en relief. *Voy.* le Recueil des planches de cette notice (1).

Le scarabée était sacré chez les Egyptiens; il était dans leur religion l'emblème du soleil. Ces pierres portent des hiéroglyphes et des figures grossièrement tracées, qui annoncent les premiers essais de l'art. Les Egyptiens sont les peuples chez lesquels on retrouve les plus anciennes traces de la gravure. (2) Les Etrusques et les Grecs, chez lesquels ces scarabées sont parvenus, ont d'abord gravé des sujets sur la face plane, qui était souvent restée intacte; ensuite ils ont fait disparaître la partie convexe du scarabée pour monter la pierre en anneau.

Première division, à droite. — *Scarabées égyptiens.* — (Suivez les rangées de gauche à droite.) — Isis allaitant Apis; scarabée de schiste argilleux gris; fragmenté (3).

Les autres scarabées représentant la Perséa, la croix ansée, des tourbillons; l'œil, symbole de la divinité; et d'autres sujets particuliers à la religion des Egyptiens (4).

---

(1) On peut avoir avec cette notice, un recueil de 42 planches représentant une soixantaine des monumens les plus curieux du cabinet. On vend aussi les planches séparément.

(2) Winckelman, *Hist. de l'Art*, tom. 1, p. 3.

(3) Voyez le même sujet dans Winckelman, *Hist. de l'Art*, tom. 1, p. 562.

(4) On trouve une notice des pierres gravées égyptiennes du

Deuxième division, au milieu de la montre. — Grands scarabées égyptiens.

Le premier est un scarabée de serpentine très curieux, sa tête est celle d'une Isis voilée (1) (*Voyez* pl. I, n° 1 du Recueil des planches.) n° 299 scarabée sacré naturel trouvé au *Sennar* (2).

Troisième division, à gauche. — Scarabées étrusques et grecs.

Le 1er, Hercule tuant l'hydre de Lerne pierre fragmentée (3);

Le 2e; Hercule emportant le trépied d'Apollon. Ce mythe est raconté par Apollodore et Pausanias. Le héros étant allé consulter l'oracle du dieu, au temple de Delphes, au sujet du meurtre d'Iphitus, la sibylle ne lui rendit pas une réponse favorable. Il enleva le trépied du temple, malgré les prêtres qui s'y opposaient; mais il fut si touché des reproches de la sibylle, qu'il lui remit le trépied entre les mains. Les artistes ont cru qu'il était plus poétique de représenter Apollon lui-même reprenant le trépied à Hercule (4).

Cabinet, par M. Millin, dans le *Magasin encyclopédique*, an IV, tom. 5, pag. 60.

(1) Caylus, tom. 5, p. 21, pl. 8.

(2) Les numéros des monumens égyptiens de cette montre, se rapportent au catalogue manuscrit de M. Cailliaud, qui les a rapportés de son voyage en 1822.

(3) Mariette, pierres gravées du Roi, tom. 2, pl. 132.

(4) Caylus, tom. 4, p. 103, pl. 34, Winckelman, *Hist. de l'Art,* liv. VI, ch VI, § 57.

A la dernière rangée, sept cylindres persépolitains, portant des figures et des caractères gravés (1).

Un Cylindre égyptien, en porcelaine.

DEUXIÈME MONTRE

ADOSSÉE A LA PREMIÈRE.

Objets Egyptiens, rapportés d'Egypte par M. Cailliaud.

Au milieu, Amulettes Egyptiennes. Typhon. Isis assise ayant Horus sur ses genoux. Plusieurs autres divinités. Plus bas, n° 377 (2). Petit tombeau en bois, s'ouvrant à coulisse, contenant une petite figure dorée, trouvée à Saggarah. N° 228. Un petit manuscrit sur papyrus, contenu dans un étui en fer. N° 229. Autre petit manuscrit recouvert d'une feuille de cuivre. N° 230. Une petite lettre en papyrus, encore cachetée en cire marquée d'une empreinte, et portant une adresse : un petit lien ferme le manuscrit, et sur son nœud est fixé le cachet. N° 231. Un petit collier en cornalines, taillées en forme de balustres, trouvé à Thèbes. N° 160. Une petite tête en pierre calcaire, dorée. *A droite*, n° 274. Deux plaques d'or, représentant des yeux, trouvées ainsi que les deux n°ˢ suivans, sur la momie de *Petemenophis* (Cette momie, et les divers objets qui y étaient joints, ont été décrits par M. Cailliaud, dans le tome quatre de son voyage à Méroé en 1826).

Cette momie a été trouvée avec plusieurs autres de la même famille, dans un caveau pratiqué dans une montagne

---

(1) Caylus, tom. 1, p. 54, pl. 18.

(2) Les n°ˢ sont ceux du catalogue manuscrit de M. Cailliaud.

de Gournah, à Thèbes. N° 275. Plaque d'or de la forme de la langue. N° 276. Tête d'Apis en or fin estampé. Ensuite, quantité de petites amulettes. N° 350. Espèce d'étole en peau rouge, trouvée sur une momie, portant des empreintes hiéroglyphiques marquées en relief comme avec le timbre sec. *A gauche*, quantité de bagues et anneaux, en or émaillé, en ivoire, en porcelaine de diverses couleurs, et en métal. N° 376. Petites figures modelées en cire. N°³ 352 et 357, deux filets en perles d'émail de diverses couleurs, encadrés d'une riche bordure en tissu de perles d'émail. Le haut du filet porte une pièce tissue de perles semblables aux bordures, représentant le Scarabée, des Nilomètres, des Chacals; ce filets ont été trouvés sur des momies, à Thèbes.

GRANDE ARMOIRE VITRÉE,

Près de la première croisée, à gauche, en entrant.

Au milieu de cette armoire est le grand Camée, connu sous le nom d'*Agate de la Sainte Chapelle.* Il passait autrefois pour représenter le triomphe de Joseph. Ce beau Camée avait été placé à la Sainte-Chapelle par Charles V; ce qui l'a soustrait au pillage du trésor des Rois, sous Charles VI. Il a été apporté en France par Baudouin II, qui, pour recouvrer l'empire de Constantinople, vint, l'an 1244, demander du secours à Saint-Louis (1).

L'artiste a figuré, dans le plan supérieur, *l'Apothéose*

---

(1) J'ai suivi l'explication de Visconti. M. Mongez, son continuateur, en propose une autre dans l'Iconographie romaine (Tom. 2, p. 157, pl. XXVI).

d'Auguste. Ce prince est porté dans le ciel par Pégase. Ænée, reconnaissable à son costume phrygien, présente à Auguste un globe, symbole de l'empire du monde, tandis qu'*Ascagne* ou Iules, son fils, conduit Pégase par la bride et mène Auguste vers ~~Romulus~~, dont la tête est ceinte d'une couronne radiée, surmontée d'un voile. Plus loin est ~~Jules César~~ tenant un bouclier.

Dans la ligne du milieu, *Tibère* est assis sur son trône, ayant près de lui *Agrippine*, son épouse. Devant l'empereur, est *Germanicus* qui lui rend compte de son expédition en Germanie. On voit près de lui sa mère *Antonia*, son épouse *Agrippine* et leur fils *Caligula*. Derrière le trône, sont placés *Drusus* fils de ~~Germanicus~~, et son épouse *Livilla*. Au rang inférieur, on voit les captifs des nations vaincues par *Germanicus* (1). La monture gothique de cette pierre, faite en forme de reliquaire, a été détruite à l'époque où ce monument fut volé au Cabinet (2). Celle qui existe maintenant a été exécutée en 1807 par MM. *Delafontaine* père et fils. (*Voyez* le Recueil de cette notice, pl. 17).

Devant, on voit un bracelet en or, du poids de six onces, trouvé au Lendin, près Pont—l'Evêque avec d'autres bijoux. Il a été acheté pour le cabinet du Roi, au

---

(1) Voyez l'*Histoire de la Sainte—Chapelle*, par Morand, et Montfaucon, *Antiq. Expliq.*, tom. 5, p. 158, pl. 127.

(2) Dans la nuit du 16 février 1804. Les détails de ce vol ont été donnés dans les journaux du temps. Ils sont consignés dans la notice de M. de St.-Vincent, sur la correspondance de Peyresc (Paris, 1819, pag. 109), extraite des Annales encyclopédiques.

mois d'août 1821. A gauche un superbe vase de sardonyx, nommé par les uns la *coupe des Ptolémées*; par
les autres, *vase de Mithridate*. Il représente les objets
consacrés aux mystères de Cérès et de Bacchus. Il avait été
donné à l'Abbaye de Saint-Denis, par Charles III (1). Les
reines y buvaient le vin consacré, le jour de leur sacre.

Une superbe patère d'or, trouvée à Rennes en Breta-
gne, le 26 mars 1774, par des maçons qui travaillaient
à la démolition d'une maison du chapitre. Elle était à six
pieds de profondeur auprès de quelques ossemens avec
des médailles et une chaîne d'or. Cette belle coupe a
neuf pouces 5 lignes de diamètre; celui du sujet ciselé
en bosse, dans le fond, est de cinq pouces six lignes;
elle pèse cinq marcs trois onces; le titre de l'or est à
vingt-trois karats. Le sujet qu'elle représente est un défi
entre Hercule et Bacchus, à qui boira davantage. On voit
autour le triomphe du dieu du vin sur le héros. Ce sujet
présente une belle allégorie des effets du vin sur l'homme
le plus fort. Les bords de la coupe sont ornés de seize
médailles d'or, d'empereurs et d'impératrices. *Voyez*
pl. 40 du recueil de cette notice; à la pl. 41, le revers
de la coupe; et à la pl. 42, les revers des 16 médailles. A droite, une coupe composée de pièces de rap-
port en verre, montée en or. La pièce du milieu repré-

---

(1) D. Felib., *Hist. de Saint-Denis*, pag. 545, pl. 6, et Montfaucon, *Antiq. expliq.*, tom. 1. Il y est figuré de grandeur naturelle, avec son ancienne monture, qui a disparu à la même
époque que celle du camée de la Sainte-Chapelle. La nouvelle
monture a été faite par MM. *Delafontaine*.

(2) *Volée en novembre 1831.*

(2) *Volée 2).*

sente un Roi Sassanide en relief. La monture ~~est des~~
~~premiers temps de la monarchie française, elle ressem~~
~~ble à celles de plusieurs objets trouvés dans le tombeau~~
~~le Childéric. Cette coupe était~~ dans le trésor de Saint-
Denis (1).

Plus loin, un buste de Valentinien III, qui passait
pour un Saint-Louis, et qui ornait le bâton du grand
chantre de la Sainte chapelle (2).

Sur le devant, une gondole de Jade. Elle fut donnée au
trésor de Saint-Denis en 1144 par Suger, qui la racheta
soixante marcs d'argent de ceux à qui le Roi Louis VI
l'avait engagée pour les besoins de l'état, dix ans aupa-
ravant. La monture a été détruite à l'époque du vol.
(*Voyez* ci-dessus, p. 6).

Sur la planche supérieure.

Au milieu, un vase d'un seul morceau d'ivoire,
sculpté avec beaucoup de délicatesse, et représentant un
combat entre les Turcs et les Polonais. On croit que la
figure du milieu est celle de Jean Sobieski. Ce vase a été
donné à Louis XV par le maréchal de Lowendal.

A droite, un plateau d'argent, improprement nommé
Bouclier de Scipion. C'est un disque d'argent qui a été
trouvé dans le Rhône, auprès d'Avignon, par des pê-
cheurs, en 1656. Il représente Briséis rendue à Achille
par Agamemnon. Il a 26 pouces de diamètre, et pèse
42 marcs. (Voyez Recueil des planches de la notice,

(1) D. Felibien, pl. IV, p. 542.
(2) *Voyez l'Histoire de la Sainte-Chapelle*, par Morand.

pl. 38 et 39 : et Millin, *monum. inéd.*, tom. I, pag. 69, pl. 10).

A gauche, un disque d'argent, trouvé dans le Dauphiné, en 1714, et improprement nommé *Bouclier d'Annibal*. Ce qui a pu donner lieu à cette dénomination, c'est le sujet représenté sur ce disque ; on y voit un lion et un palmier, type des médailles de Carthage (1).

Dans le bas de l'armoire, sont plusieurs dyptiques, et des couvertures d'Evangéliares.

Au milieu, un vase d'argent doré, représentant Saint-Hubert, et divers attributs de chasse.

Plusieurs pièces d'un jeu d'échecs en ivoire, qui était autrefois dans le trésor de Saint-Denis. (2) On dit que ce jeu d'échecs a été donné à Charlemagne par le calife Aaron-al-Raschild.

Dans le coin à gauche, un vase d'argent du seizième siècle. Le dessus représente divers sujets, tels que la mort de Lucrèce, Pyrame et Thisbé, Judith et Holopherne, Pâris et Hélène, Mutius Scævola. Autour, des chasses, des tournois, etc.

Des briques trouvées dans les ruines de Babylone et couvertes de caractères semblables à ceux du monument persépolitain que nous décrirons plus loin. (*Voyez* les pl. 32 à 37 du Recueil de cette notice. Elles ont été publiées par Millin, *monum. inéd.*, tom. II, pag. 263).

Sur les tablettes de cette armoire, on voit encore di-

---

(1) Voyez Eckhel, tom. 4, p. 136.

(2) Caylus a donné la figure d'une de ces pièces, *Rec. d'Antiq.*, tom. 6, p. 323, pl. 103.

vers monumens de bronze d'un très-beau style, entre autres, un buste de Cybèle, en bronze, du plus beau travail et de la plus parfaite conservation; il a été trouvé à Tourse, village à quatre lieues d'Abbeville en Picardie, vers 1750 (1).

La poignée et plusieurs fragmens de l'épée de Childéric, que l'on a réunis et montés à l'époque où son tombeau a été découvert (2). Sa francisque ou hache d'armes, une boule de cristal trouvée dans le même tombeau.

DEUXIÈME CROISÉE.

Troisième Montre.

Intailles ou pierres gravées en creux, montées d'une manière uniforme (3).

1re **Division.** *Première série.*

N^{os}.   SUJETS MYTHOLOGIQUES.

1.   Tête d'Isis. *Grenat.*
2.   Isis debout. *Jaspe noir.*
3.   Canope. *Sardoine.*
4.   Sphinx. *Cornaline.*

---

(1) Caylus, tom. 5, pag. 332, pl. 111.

(2) *Voyez* sur le grand bureau les autres objets trouvés dans ce tombeau.

(3) Comme ces pierres sont fort petites et qu'il est difficile de les bien voir, on peut s'en procurer des empreintes, ainsi que des autres pierres du Cabinet. (Voyez *Catalogue d'un choix d'empreintes de pierres gravées*, contenant des sujets relatifs à la mythologie, à l'histoire héroïque et à l'iconographie, etc.; in-12. Paris, 1819. Prix: 50 cent). S'adresser, pour les empreintes, à M. DUMERSAN, rue Neuve-des-Petits-Champs, n. 12, à Paris.

101. ~~Buste~~ Vénus. ΠΑΝΑΙΟΥ ΑΦΡΟΔΙΤΗ *Sardoine* Caylus Tom VI.

102. Vénus jouant avec l'amour. *Cornaline.* pl. 41. N.° 3.

103 et 104. Vénus. *Calcédoine.* p. 137. (1)

105. Vénus anadyomène. *Améthyste.*

106. Vénus à sa toilette. *Sardonyx.*

107 à 115. Vénus victorieuse. *Prime d'émeraude.*

116 et 117. Même sujet, *Cornaline.*

118. idem *Améthyste.*

119. Simulacre de la Vénus paphienne au milieu de son temple, imitation des médailles de Chypre. *Jaspe rouge.*

120. Même sujet. *Prime d'émeraude.*

121 à 134. Divers sujets représentant des amours.

135. Thétis portant un bouclier à Achille. *Aigue Marine.* (Buonarroti medagl. antichi. p. 113).

136. Le *Cachet de Michel-Ange*, il représente des vendanges, et porte dix-huit figures gravées avec la plus grande finesse. Cette pierre célèbre a été le sujet de plusieurs dissertations (1). Les uns l'ont attribuée au graveur *Allion*; d'autres ont contesté son antiquité. M. *de Murr* pense qu'elle est l'ouvrage de *Maria di Pescia*, célèbre graveur et ami de Michel-Ange, qui s'est désigné par le petit pêcheur que l'on voit à l'exergue. Louis XIV a porté cette pierre en bague. Elle provenait de M. Lautier, d'Aix en Provence, chez qui l'on avait retrouvé les mêmes pierres gravées que Henry IV

---

(1) Voyez les Mémoires de l'Académie des inscriptions et belles lettres, tom. 1, p. 271.

(1) Caylus regarde le nom de ΠΑΝΑΙΟΥ au génitif comme celui du graveur ΠΑΝΑΕΟΣ; M. ...

avait eu dessein d'acheter du sieur de Bagarris ; il
les avait eues à bon compte de cet antiquaire (1).
Son fils les vendit au roi en 1680. On assure que
Michel-Ange avait payé son cachet 800 écus (2)
.(*Voyez* pl. 16 du Recueil de cette notice).

137 à 139. Têtes de Bacchus indien.

140. Bacchus. *Cornaline.*

141 et 142. Têtes de Silène.

143. Tête de Pan. *Cornaline.*

144 à 158. Faunes et Bacchantes, sujets Bacchiques.

159. Grappe de raisin. *Améthyste.*

160. La Fortune. *Cornaline.*

161 à 165. L'abondance.

166. L'abondance dans un temple. *Sardonyx.*

167. L'espérance. *Prime d'émeraude.*

168. Le dieu mois. *Agathonyx*

169. Une Parque filant. *Cornaline.*

170 et 171. Divinité panthée.

172. Divinité dans un temple. *Cornaline.*

173 à 180. Sacrifices.

HISTOIRE HÉROÏQUE.

181 à 184. Têtes de Méduse.

185 à 197. Têtes d'Hercule.

198 et 199. Hercule en repos.

200. Hercule brûlant les têtes de l'Hydre. *Cornaline.*

201. Hercule tuant les oiseaux de Stymphale. *Cornaline.*

202. Hercule assommant Diomède. *Cornaline.*

---

(1) Mariette, *Rec. de pierres gravées*, t. 2, p. 9.

(2) Baudelot, *Utilité des Voyages*, tom. 1, pag. 389.

203. Hercule tenant une pomme des Hespérides. *Jaspe sanguin.*

204. Hercule portant le ciel pour soulager Atlas. *Prime d'émeraude.*

205. Hercule jouant de la lyre. *Cornaline–onyx.*

206. Hercule et OEdipe. *Cornaline.*

207 à 213. Omphale.

214. Prométhée. *Cornaline.*

215. Castor et Pollux. *Jaspe verd.*

216. Tydée expirant sous les murs de Thèbes. *Agate.*

217 et 218. OEdipe devant le Sphinx. *Cornaline.*

219 et 220. Le Sphinx. *Cornaline.*

221 et 223. Diomède enlevant le Palladium. *Cornaline.*

224. Cassandre se réfugiant près de la statue de Pallas, *id.*

225. Achille jouant de la lyre. Cette pierre fut donnée au Roi vers 1680 par M. Fesch, professeur en droit à Basle (1). C'est peut-être l'intaille la plus parfaite qui soit dans le cabinet. La matière est une superbe améthyste, et le nom de Pamphile (ΠΑΜ-ΦΙΛΟΥ), qui y est gravé, ajoute à sa rareté.

226. Laocoon. *Cornaline.*

227. Léandre traversant les flots. *Cornaline.*

228. Combat d'un centaure. *Cornaline.*

229. Héros grec. ΑΡΙCΤωΝΟC. *Jaspe rouge.*

230. Augure étrusque. *Sardoine.*

---

(1) *Réflexions critiques sur la poésie et la peinture,* par l'abbé Dubos, tom. 2, p. 224. Il prend ce sujet pour un *Apollon actiaque.* Cet Apollon était ainsi nommé de la victoire remportée par Auguste à Actium, et sa statue était vêtue d'une longue robe comme l'Apollon Palatin.

231. Philosophe lisant. *Cornaline.*

232. Philosophe écrivant. *Cornaline.* V. Ficeroni Gem... pl. V. 4.

233. Pêcheur tenant un trident. *Cornaline.*

234. Jeune homme tenant un strigile. ΓΝΑΙΟΥ. *Onyx-nic.*

235. Autre. *Sardoine.*

236 à 240. Sujets divers.

Deuxième Division.

241. La ville d'Antioche. *Cornaline.*

242. La ville de Pergame. ΠΕΡΓΑΜ. *Agate.*

243. Lycurgue. ΣΠΑΡΤΗ. *Cornaline.*

244 à 249. Têtes de Socrate.

HISTOIRE ROMAINE.

250. Caton le censeur. CAT. CEN. *Cornaline.*

251. Tite–Live. *Cornaline.*

252. Brutus. *Sardonyx,*

253. Mécenas. *Jaspe rouge.*

254. Sybille. *Sardoine.*

255. Triomphe de Pompée. *Cornaline.*

256 et 257. Têtes inconnues.

EMPEREURS ROMAINS.

258, et 259. Jules César.

260 Auguste. *Cornaline.*

261, et 262. Auguste et Livie. *Cornaline.*

263. Néron jouant de la lyre. *Calcédoine.*

264. Tête de Néron. *Cornaline.*

265 à 267. Domitien.

268, et 269. Hadrien.

270. Antinoüs. *Onyx-nicolo.*

271. Faustine, mère. *Lapis–lazuli*.

272. Marc–Aurèle. *Cornaline*.

273. Faustine la jeune. *Cornaline*.

274. Commode. *Cornaline*.

275. Julia Domna. *Prase*.

276, 277. Geta. *Cornaline*.

278. Têtes inconnues.

279. Attila. *Cornaline*.

280. Juba, roi de Mauritanie. *Lapis lazuli*.

281. Tête coëffée de la thiare. *Grenat*.

282 à 312. Têtes inconnues d'hommes.

313 à 323. Têtes inconnues de femmes.

324. Char trainé par vingt–quatre chevaux. *Calcédoine*.

325 à 327. Quadriges.

328, et 329. Cavaliers.

330. Psylle, jouant avec des serpens. *Cornaline*.

331. Idem.

332 à 335. Histrions.

336. Joueur de cerceau, calcédoine, gravée, dit-on, par Pickler. (Voyez Raspe, catalogue de Tassie, pl. 47 , n° 1861).

337. Joueur de cerceau. *Cornaline*.

338, et 339. Pâtres.

340 à 362. Figures d'hommes, sujets divers.

363 à 365. Mains unies, emblêmes de la bonne–foi et du commerce.

ANIMAUX.

366. Tête d'éléphant. *Sardoine*.

367. Tête de lion. *Améthyste*.

368 à 373. Lions.

374 à 377. Lions dévorans des cerfs.

378. Hippopotame.

379 à 381. Sangliers.

382 à 385. Taureaux.

386. Vache et son veau.

387 à 390. Chèvres et boucs.

391. Le signe du Capricorne.

392. Cheval.

393 et 394. Chiens.

395. Souris.

396. Petit animal dans un char, traîné par un oiseau.

397. Cheval sortant d'une coquille de limaçon.

398. Eléphant sortant d'une coquille de limaçon.

OISEAUX.

399 à 407. Aigles.

408 à 423. Oiseaux divers.

POISSONS.

424. Dauphin.

425 à 429. Ecrevisse, crabes, scorpions, etc.

INSECTES.

430 à 433. Mouches, fourmis.

RÈGNE VÉGÉTAL.

434. Feuille.

435. Couronne de myrthe.

436. Épis entourés d'une couronne.

437 à 439. Cornes d'abondance.

2

OBJETS DIVERS.

440 et 441. Vases.

442. Casque.

443 à 446. Chimères.

ABRAXAS, TALISMANS, etc.

447. Mithra tuant le taureau. *Calcédoine.*

448. Le phénix. *Sardonyx.*

449 à 455. Talismans.

SUJETS MODERNES.

456. Catherine de Médicis. *Sardoine.*

457. Henri IV. *Grenat.*

458. Portrait inconnu.

459 à 468. Sujets divers, gravés par Gay, pour madame de Pompadour.

469. Jacau, tambour major.

470. Le Dauphin, 1er fils de Louis XVI.

471 à 473. Pierres gravées par feu M. Jeuffroy, membre de l'Institut.

474. Pâte de verre antique, représentant le cheval de Troie, gravée dans Winkelman, *Monum. inéd.,* tom. Ier, n° 140.

475 à 480. Inscriptions.

Sur le médailler suivant.

Une tête de bronze couronnée de tours, représentant Cybèle, ou la ville de Paris personnifiée (1). Cette tête,

---

(1) Caylus, *Rec. d'antiquit.,* tom. 2, p. 378, pl. 131. Montfaucon, *Antiq. expliq.,* tom. 1, pag. 6, pl. 1.

d'un très-beau travail, a été trouvée vers 1675, auprès de Saint-Eustache, dans ~~les fondemens d'une tour qui~~ *ruinée*
~~dépendait d'une ancienne enceinte de~~ Paris. Elle fut achetée d'abord par Girardon, célèbre sculpteur. A sa mort, M. de Crozat en fit l'acquisition : elle appartint ensuite à M. le duc de Valentinois, qui la donna au roi par son testament. (*Voyez* pl. III, n° 1 du Recueil de planches de cette notice). (*)

Sous le médailler.

Une roue de bronze antique, trouvée à Nîmes.

QUATRIÈME MONTRE.

PREMIÈRE DIVISION.

Intailles, seconde série (1).

MYTHOLOGIE.

481. Saturne. *Agate barrée.*
482. Sacrifice à Saturne. *Jaspe.*
483. Tête de Jupiter. *Cornaline.*
484. Têtes de Jupiter et de Junon. *Jaspe.*
485. Tête de Junon. *Cornaline.*
486. Jupiter assis entre Mercure et Mars; à ses pieds Neptune; autour les 12 signes du Zodiaque. *Cornaline.*
487 à 489. Têtes de Pallas.
490. Buste d'Apollon. *Sardoine.*
491. Tête d'Apollon. *Améthyste.*
492. Tête d'Apollon. *Cornaline.*
493 à 495. Apollon.

---

(1) La plus grande partie de ces pierres sont gravées dans Mariette, *Traité des pierres gravées.* (Paris; 1750).

496. Apollon et Marsyas, LAVR. MED. (Laurent de Médicis). *Cornaline.*

497. Même sujet. *Jaspe sanguin.*

498. Apollon et une Muse. *Jaspe sanguin.*

499. Une Muse. *Améthyste.*

500. Esculape. *Cornaline.*

501. Hygiée. *Cornaline.*

502. Mars. *Cornaline.*

503 et 504. Guerriers devant des armures. *Cornaline.*

505. Un Empereur présentant la Victoire à Mars. *Sardoine.*

506. Ovation. *Cornaline.*

507. La Victoire. *Agate.*

508. La Victoire dans un char. *Cornaline.*

509 et 510. La Paix. Allégories.

511. Tête de Vénus. *Calcédoine.*

512 et 513. Vénus hermaphrodite environnée d'amours.

514. Vénus et l'Amour. *Sardoine.*

515. L'Amour tenant une faux. *Cornaline.*

516. Vulcain et Vénus. *Jaspe rouge.*

517. Vulcain forgeant un casque. *Cornaline.*

518. L'amour, Vénus et un Chien, emblême de la fidélité. *Cornaline.*

519. Cérès ou l'Abondance. *Améthyste.*

520. Proserpine; imitation des médailles de Syracuse. *Sardoine.*

521 et 522. Têtes de Bacchus indien.

523. Bacchus indien, tenant le thyrse, devant un autel sur lequel est un masque. *Topaze.* (Buonarroti, *medagl. antichi*, p. 440.)

524. Bacchus et Ariadne dans un char traîné par des lions. *Agate.*

525. Bacchus entre un Faune et un Satyre. *Sardoine,*

526. Silène. *Onyx Nicolo.*

527. Triomphe de Silène. *Jaspe sanguin.*

528. Silène et un jeune homme sacrifiant. *Cornaline.*

529. Le dieu Terme. *Sardonyx.*

530. Faune bacchant. *Sardonyx.*

531. Bacchante devant un Terme; un petit Faune dans une corbeille. *Cornaline.*

532. Bacchante. *Cornaline.*

533. Pan devant un autel. *Sardonyx.*

534. Sacrifice. (Cette pierre est gravée à la tête de l'ouvrage de Bagarris, intitulé : *Nécessité de l'usage des médailles dans les Monnaies.* Paris, Berjon, 1611.)

535 et 536. Sacrifices.

537. Taureau dionysiaque, gravé par Hyllus. ΥΛΛΟΥ. *Calcédoine. Voyez* Stosch, *Pierres avec les noms des graveurs,* p. 56, pl. 40; Bracci, tom. 2, p. 128, pl. 80.

538. Morphée distribuant des pavots. *Jaspe sanguin.*

539. Némésis au revers de deux Scarabées. *Cornaline.* (Buonarroti, *Medagl. antichi,* p. 225).

540. L'Amitié, AMICITIA. *Jaspe sanguin, veiné.*

HISTOIRE HÉROÏQUE.

541. Tête d'Hercule. *Jaspe rouge.*

542. Hercule enchaînant Cerbère. *Jaspe verd.*

543 et 544. Hercule vaincu par l'Amour.

545. Hercule enchaîné par Vénus. *Cornaline.*

546. Repos d'Hercule. *Cornaline.*

547. Tête d'Omphale. *Sardonyx.*

548. Omphale portant les armes d'Hercule. *Sardoine.*

549. Cacus enlevant les bœufs d'Hercule. *Lapis lazuli.*

550. Hellé sur un bélier, traversant l'Hellespont. *Cornal.*

551. Ulysse et Pénélope. *Cornaline.*

ICONOGRAPHIE GRECQUE.

552. Alexandre, roi d'Épire. AAE· EII· B· *Silex.*

553. Pyrrhus, roi d'Épire. *Sardoine.*

554. Miltiade. *Cornaline.*

555. Pergame. *Jaspe.*

556. Ptolémée Dionysius. *Sardoine.*

557 à 560. Quatre autres Ptolémées. *Cornalines.*

561. Abdolonyme, roi de Sidon. *Sardoine.*

562. Mithridate. *Sardoine.*

HISTOIRE ROMAINE.

563. Buste de la déesse Rome. *Calcédoine.*

564. La déesse Rome. *Onyx Nicolo.*

565. Tête d'une Sybille. *Agate.*

566. Découverte des livres sybillins. *Calcédoine.*

567. Curtius se précipitant dans le gouffre. *Prase.*

568. Continence de Scipion. *Agate.*

569. Mutius Scévola devant Porsenna. COSTACIOR. *Cornaline.*

570. Iugurtha livré à Sylla par Bocchus. *Cornaline.*

571. Les triumvirs, Antoine, ▓pide et Auguste. *Jaspe fleuri.*

572. Lépide. *Sardonyx.*

573. Les têtes des douze Césars autour d'un masque à dix faces. *Sardonyx.*

574. Jules-César. *Sardonyx.*

575. Auguste. *Agate.*

576. Auguste. *Jaspe noir.* ΔΙΟΣΚΟΡΙΔΟΥ. Le nom de Dioscoride est moderne, ainsi que la pierre.

577. Auguste *Cornaline.*

578. Auguste et Livie. *Sardoine.*

579. Livie. *Cornaline.*

580. Mécénas. ΔΙΟΣΚΟΡΙΔΟΥ. *Cornaline.*

581 et 582. Claude. *Cornaline.* Idem. *Sardoine.*

583. Néron. *Cornaline.*

584. Sénèque. *Cornaline.*

585. Galba. *Sardonyx.*

586. Vitellius. *Sardoine.*

587. Vespasien. Au revers la Judée captive. *Jaspe fleuri.*

588. Julie, fille de Titus; gravée par EVODUS sur une aigue—marine qui surmontait une pièce nommée l'Oratoire de Charlemagne, que l'on voyait au trésor de Saint—Denis. On y lit l'inscription ΕΥΟΔΟC ΕΠΟΙΕΙ. *Evodus fecit. Voyez* Mariette, Stosch, p. 45, pl. 33; Bracci, tom. 2, p. 101, pl. LXXIV.

589. Trajan combattant un lion. *Cornaline.*

590 à 592. Hadrien.

593. Antinoüs. *Agate.*

594. Antonin. *Sardonyx.*

595 et 596. Faustine mère.

597. Commode. *Aigue—marine.* (*Voyez* Buonarroti, *Medagl. antichi*, p. 146).

598. Commode. *Améthyste.*

599. Pescennius Niger. *Jaspe rouge.* Vœu à Esculape pour la santé de ce prince. *Voyez* l'explication de cette pierre dans une dissertation de M. de Boze sur la déesse *Salus*, imprimé en 1705, da ns les Mémoires de l'Acad. des Inscriptions.

600. Septime Sévère et Caracalla. *Sardonyx.*

601. Albin. *Prime d'émeraude.*

602. Crispus, fils de Constantin. *Cornaline.*

603. Julien. *Cristal de roche.*

604. Flaminia, dame romaine.

605 à 609. Rois parthes et sassanides.

610. Combat de Cavalerie, gravé par *Matheo del Nassaro. Sardoine.* (Mariette, pl. cvii).

611. Autre combat. (Mariette, pl. cviii).

612 et 613. Chasses.

614 à 620. Têtes inconnues.

HISTOIRE MODERNE.

621. François Iᵉʳ. *Calcédoine.*

622. Philippe II, roi d'Espagne, et don Carlos, son fils. *Topaze du Brésil.*

623. Alexandre de Médicis, duc de Florence. *Cristal de roche.*

624. Louis XV entre la Victoire et la Paix, 1748. G. F. (Gay Fecit).

625. La Victoire de Lawfelt. G. F. (Gay Fecit). Ces deux numéros étaient des bracelets de madame de Pompadour.

626. *Statue du roi,* 1758. Foudre et caducée. *Cornaline.*

QUATRIÈME MONTRE.

SECONDE DIVISION.

CAMÉES DE SARDONYX.

Mythologie.

627. Janus. Sur la double tête est une figure de Saturne.

628. Tête de Jupiter.

629. Jupiter roi, tenant de la main droite le foudre et de la gauche la haste. L'aigle est à ses pieds. Ce camée avait été donné à la cathédrale de Chartres par Charles V. La monture est très-ancienne.

630 et 631. Junon, dans le caractère de la Junon *Lacinia*, que l'on voit sur les médailles de Crotone et de Pandosia : ainsi nommée d'un promontoire dans le golfe de Tarente, où elle avait un temple.

632 à 637. Minerve.

638. Minerve et Neptune disputant à qui donnera un nom à la ville de Cécrops ; Neptune fait naître le cheval ; Minerve fait naître l'olivier, et la ville prend le nom d'*Athènes* (1). Cette pierre avait été conservée de temps immémorial dans une église, où elle était regardée comme représentant Adam et Ève mangeant le fruit défendu. On avait même gravé en caractères hébraïques sur le biseau de la pierre, le verset du 3e chapitre de la

(1) ΑΘΗΝΗ, Minerve. *Voyez* pl. 15.

Genèse, qui dit : « La femme considéra que le
» fruit de cet arbre était bon à manger, qu'il était
» beau et agréable à la vue, etc, »

Le même sujet se retrouve sur une médaille
d'Athènes en bronze (1), et sur une pierre gravée
par Pyrgotèles (2).

639. Minerve dans un char.

640. Tête d'Apollon.

641. Apollon tenant sa lyre qui est posée sur la figure
d'une Muse.

642. Apollon et Marsyas.

643 à 646. Diane.

647. Mars terrassant un géant anguipède.

648. Vénus sur un taureau marin, environnée d'a-
mours : le mot ΓΛΥΚΩΝ, gravé dans le champ, nous
apprend que c'est l'ouvrage du graveur *Glycon* (3).

649. Vénus et Adonis. (Le corps d'Adonis a été effacé.)

650. Vénus, Adonis et un Amour.

651. Vénus sur un cheval marin.

652. Silène précepteur des Amours (4).

653. Vénus, l'Amour et une Muse.

654 et 655. Vénus hermaphrodite, environnée d'Amours.

656. Vénus au bain, avec l'Amour.

657 et 658. Vénus et l'Amour.

---

(1) Barthélemy, atlas d'*Anacharsis*.

(2) Raspe, catalog. de Tassie, pl. XXVI, n. 1768.

(3) Millin, *Galerie mythologique*, t. 1, pag. 41, pl. XXXII,
n. 177. Glycon ʑ ʘ ʈ dans l'auteur ʑ ʈ ʘ ʑ.

(4) Cette jolie pierre a été publiée par M. Dumersan. In-8°, Paris, 1824. Prix, 1 fr. 50 c.

« 654. Cette plaque de l'Odéon a appartenu à Mad Dubarry.

659. L'Amour sur un cheval marin.

660. Concert des Amours et d'un Centaure.

661. L'Amour contemplant une tête de mort.

662. Les trois Grâces.

663. Psyché tenant un papillon.

664. Cérès tenant des épis.

665. Naissance d'Iacchus. (Voyez le frontispice des vases de Canosa, par *Millin*; et *Freret*, Acad. des Inscr., t. XXIII, p. 256.)

666. Bacchus et une Panthère.

667. Les Noces de Bacchus et d'Ariane (*Voyez* la gravure et l'explication de ce joli camée dans Buonarroti, *Medagl. antichi*, p. 430, et Millin, *Galerie mythologique*, pl. 66, n° 245.

668. Deux Génies bachiques portant des amphores.

669. Faune bacchant.

670. Silène monté sur un bouc.

671. Tête d'Hercule.

672. Hercule enchaînant Cerbère.

673. Omphale assise sur la peau de lion, tenant la massue, devant l'urne d'Hercule.

674. Le Centaure Nessus enlevant Déjanire.

675. Les chevaux de Pélops, vainqueurs à la course. Charmant camée de sardonyx, gravé pl. 13 du recueil de cette notice (1).

676. Médée tuant ses enfans.

677. Europe enlevée par Jupiter, sous la forme d'un Taureau.

---

(1) Millin, *Monum. inédits*, t. 1, pag. 1, pl. 1.

678. Ulysse, gravé en relief sur une grande cornaline. Il a l'égide sur l'épaule, et tient un javelot de la main droite. Sur son *pileus*, ou bonnet de voyageur, on voit le combat d'un Centaure et d'un Lapithe (1). Ce camée est gravé pl. 14 du recueil de cette notice.

679. Diomède enlevant le Palladium ; enface de lui, Ulysse qui l'accompagne dans cette expédition.

680. Diomède enlevant le Palladium.

681. Pâris et Hélène ; auprès d'eux Penthésilée, reine des Amazones (2).

682. Persée à cheval, tenant la tête de Méduse.

683. Persée délivrant Andromède. Fragment antique d'une pâte de verre d'un travail exquis, gravé pl. 2, n° 1 du Recueil de cette notice.

684 et 685. Têtes de Méduse.

Devant la porte du cabinet, après la quatrième croisée, trois devantures de cercueils de momies, en bois de sycomore peint, recouvertes de figures égyptiennes et d'hiéroglyphes. Au-dessus, le buste de J.-J. Barthélemy, auteur du *Voyage du jeune Anacharsis en Grèce*, et ancien garde du cabinet des médailles, exécuté par *M. Houdon*.

---

(1) Millin, *Mon. inéd.*, tom. 1, pag. 201, pl. xxi.

(2) *Idem*, *Galerie mythologique*, pl. clvii, n° 591.

Sur le grand médailler, entre les deux portes, au milieu.

Une peinture sur papyrus (1), représentant des divinités égyptiennes, accompagnées d'hiéroglyphes.

Deux candelabres de bronze.

A droite, un vase grec représentant un combat entre les Arimaspes et les Griffons (2).

A gauche, un autre vase grec représentant un combat entre les Amazones et les Grecs (3).

Sur la porte d'un cabinet, avant la cinquième croisée, l'armure de François Ier; savoir : son casque et son bouclier d'acier damasquiné en or. A gauche, sous le bouclier, son épée et deux masses d'armes. A droite, l'épée de ville de Henri IV, ornée de camées; son épée de chasse portant un pistolet.

Au-dessous, le *fauteuil de Dagobert* (4), que l'on conservait autrefois au trésor Saint-Denis. La tradition prétendait que ce fauteuil avait été fabriqué par saint Éloi. Les quatre pieds sont d'un travail plus ancien et beaucoup meilleur que la partie supérieure. Ce siége ressemble assez à la chaise curule des Romains. Il a

---

(1) Le papyrus est une espèce de canne ou de roseau qui naît dans les lieux bas d'Égypte. C'est, dès couches ou enveloppes intérieures de la tige de cette plante, que se fabriquait le *papier* d'Égypte.

(2) Millin, *Monum. antiq. inéd.*, t. 2, p. 129, pl. xvi.

(3) *Idem*, t. 1, p. 69, pl. ix.

(4) Montfaucon, *Monum. de la monarchie française*, t. 1, p. 36, pl. iii; et Willemin, *Monumens*, etc. Il est gravé pl. ii, du Recueil de cette notice.

été redoré du temps de l'abbé Suger. Il a été trans-
porté à Boulogne, au mois d'août 1804, pour la distribution des croix de la légion-d'honneur. (*Voyez*
pl. 2, n° 2 du Recueil de cette notice.) Une médaille,
frappée en 1804, représente Napoléon sur une estrade
assis sur ce fauteuil, et faisant cette distribution.

CINQUIÈME MONTRE, VIS-A-VIS LE PORTRAIT DE
LOUIS XVIII.

Quelques pierres importantes ayant été placées dans
ces montres pour les orner, quoiqu'elles appartiennent à
la troisième série des camées, qui renferme l'iconographie romaine, nous les décrirons avant de continuer la
description des camées mythologiques.

Au milieu de la montre (n° 805), un superbe buste
d'Auguste en agate, provenant du Trésor de Saint-De-
nys. (*Voyez* Don Felibien, p. 542, pl. 4, lettre O.)

Au-dessus, n° 640 *bis*, l'Aurore dans un char. Joli
camée de sardonix.

Au milieu de la division à gauche, n° 874, un buste
d'enfant, le cou entouré d'une guirlande de vigne, dont
les grappes tombent sur sa poitrine. Ce superbe camée
est lithographié dans le Recueil des planches de la notice,
pl. 20. Il représente Annius Verus, fils de Marc-Aurèle. Il n'en est fait qu'une simple mention dans l'Histoire du trésor de Saint-Denis, où il était conservé (1).
Il est probable que l'inscription VERINVS CONSVLIS

_____

(1) D. Felibien, p. 543, pl. IV, lettre N.

PROBAT TEMPORA, a été ajoutée après coup. La forme des lettres n'est pas très-pure, et n'annonce pas l'art du siècle de Marc-Aurèle. Il n'était pas d'usage de mettre sur les pierres gravées les noms·des personnages dont elles offraient les portraits. D'ailleurs, *Verinus* serait donc le diminutif de *Verus*. On a de très-belles médailles de grand bronze d'Annius Verus au revers de Commode (1), dont le caractère est tout-à-fait semblable à celui de la figure que représente notre camée. D'autres médailles de petit bronze ont encore avec lui une analogie plus frappante, puisque la tête d'enfant qu'elles portent est ornée de feuilles de lierre, et qu'elle a le col entouré de pampres (2). Le jeune Annius Verus y est apothéosé et représenté comme Bacchus enfant. La douleur de Marc-Aurèle ayant été jusqu'à lui faire élever à son fils, qu'il perdit à l'âge de sept ans, des statues d'or, il n'est pas étonnant qu'on lui ait aussi frappé des médailles, et que l'on ait gravé cette pierre en son honneur.

Au milieu de la division à droite, n°. 792 *bis*, est un grand camée d'agate orientale, représentant une figure casquée, qui passe pour un buste d'Alexandre.

---

(1) ANNIVS. VERVS. CAES. ANTONINI. AVG. FIL. Tête nue d'Annius Verus enfant avec le paludament. *Rev.* COMMODVS. CAES. ANTONINI. AVG. FIL. Tête nue de Commode enfant. Mionnet, *Rareté des Médailles romaines*, 2ᵉ édit., pag. 237.

(2) Tête d'un enfant couronné de pampre, les épaules couvertes de raisins. *Revers*, S. C. Dans une couronne de pampre et de raisins. Mionnet, *Rareté des Médailles romaines*, 2ᵉ édit., t. 2, p. 561.

CONTINUATION DES CAMÉES.

SECONDE SÉRIE.

Mythologie.

Première division de la cinquième montre, à gauche.

686. Isis.

687. Tête d'Isis de face.

688. *Idem* de profil.

689 et 690. Bustes d'Harpocrate.

691. Harpocrate assis sur une fleur de Lotus.

692. Sérapis.

692, *a* et *b*. Deux têtes de Sérapis en ronde bosse. (Elles sont dans la division du milieu.)

693. Cybèle dans un char traîné par deux lions.

694. Pallas.

695 à 703. Têtes de Pallas.

704. Minerve salutaire, diadêmée, portant l'égide sur la poitrine.

705. Diane.

706. Hygiée.

707. Mars et Vénus.

708 et 709. Vénus et l'Amour.

710. Vénus et Adonis.

711 à 713. Vénus hermaphrodite.

714. Triomphe de Vénus.

715. Vénus tenant un miroir; à ses pieds deux colombes buvant dans un vase.

716. L'Amour.

717. La Victoire dans un char.

718 à 720. Cérès.

721. Bacchus.

722. Faune.

723 à 728. Sacrifices, Scènes bachiques.

Troisième division, à droite.

729. Sacrifice à Bacchus.

730. Triomphe de Bacchus.

731. Sacrifice.

732. Faune surprenant une nymphe endormie.

733. Deux Chimères.

734 et 735. Fleuves.

736. Triton combattant un Dragon.

HISTOIRE HÉROÏQUE.

737 à 740. Têtes d'Hercule.

741. Hercule se brûlant sur le mont Oéta.

742. Hercule et Omphale.

743. Têtes d'Hercule et d'Omphale.

744 à 748. Têtes d'Omphale.

749. Omphale portant les armes d'Hercule.

750. Tête de Méduse.

751. Persée tenant une épée et la tête de Méduse.

752. Pâris.

753. Pâris et Hélène.

754. Dédale et Icare.

755. Sacrifice d'Iphigénie.

756. Euripide et la Muse de la tragédie. *Voyez l'Iconographie grecque* de Visconti, tom. 1, p. 82, pl. 5.

757. La Vertu fuyant le Vice sous la forme d'un Silène.

758. Sacrifice. 759 à 761. La Fontaine des sciences.

762. Sphinx.

763. Un Griffon mordu par un Serpent; on lit à l'exergue MIΔIOY, nom du graveur *Midius*. (*Voyez* Caylus, tom. 1, p. 145, pl. 53, et Bracci, *Preuves*,
pl. 25, n° 1. (·)

764 et 765. Lions. 766. Lion dévorant un Taureau.

767. Un taureau. Superbe sardonyx à deux couches,
dont la couche brune est très–heureusement em-
ployée à représenter l'animal.

768. Vache. 769. Aigle. 770. Oiseau. 771. Perroquet.

Division du milieu.

772. Milon de Crotone.

776. Horatius Coclès.

777. Sujet hébraïque.

780 à 782. Batailles gravées sur coquilles. *Ouvrages
du quinzième siècle.*

785 et 786. Inscriptions grecques.

787. Trois belles sardonyx antiques préparées pour être
gravées.

SIXIÈME MONTRE,

ADOSSÉE A LA CINQUIÈME, DEVANT LE PORTRAIT DE
LOUIS XVIII.

Première division, à gauche.

Les deux premières rangées contiennent des masques
et des têtes de Méduse.

Au milieu, n° 831, un buste de Claude; à droite et à
gauche, des perles baroques, dont l'une forme une espèce de figure de femme.

(·) CHARMIDIUS. (*clarue* .)

Au-dessous, deux têtes de la Victoire.

La dernière rangée contient 9 têtes de Bacchantes. Les autres pierres sont des têtes incertaines ou inconnues.

Deuxième division, au milieu.

788 à 792. Têtes attribuées à Alexandre.

793. Miltiade.

794. Une Vestale. On lit au-dessous NER. VIR. V. *Neria* ou *Neratia virgo vestalis. Voyez* Montfaucon, *Antiq. expliq.*, t. 1, p. 64, pl. 27, et Buonarroti, *Medagl. antichi*, p. 407, pl. 36, n° 3.

N° 819, *au milieu.* Un superbe camée de sardonyx à trois couches, représentant Cérès et Triptolême, sous les traits de Germanicus et d'Agrippine, dans un char traîné par deux dragons. Ce camée est gravé pl. 19 du Recueil de cette notice ; dans les Mémoires de l'Académie des Belles-Lettres, tom. 1, pag. 144 ; et dans l'*Iconographie romaine*, par Mongez, pl. 24, n° 3.

Autour, sont douze camées sur coquilles (n° 795), représentant les douze Césars. C'étaient les boutons du pourpoint de Henri IV.

Au milieu de la troisième division, n° 832.

Messaline, en buste, entre deux cornes d'abondance d'où sortent les têtes de Britannicus et d'Octavie sa sœur. La tête de Britannicus est celle à gauche qui est couronnée de lauriers. Cette superbe sardonyx est gravée et expliquée dans l'*Iconographie romaine*, par Mongez, tom. 2, p. 196, pl. 28.

Toutes les autres têtes sont inconnues ou incertaines.

SEPTIÈME MONTRE.

ICONOGRAPHIE ROMAINE. — CAMÉES.

Première division, à gauche.

796. Les Triumvirs, Lépide, Antoine et Auguste. *Sardonyx*. *. (1).

797. Jules César, Auguste, Tibère et Claude. *Sardonyx*.

798. Jules César. *Sardonyx*. *.

799. Jules César. *Sardonyx* *.

800. Jules César. *Sardonyx*. *.

801. Auguste. *Sardonyx*.

802. Auguste couronné de chêne. Cette belle sardonyx à deux couches est entourée d'une monture très-ancienne. Elle était attachée au buste de Saint-Hilaire, dans le trésor de Saint-Denis (2).

(Les nos. 803, 804 et 805 sont dans la sixième montre).

806. Auguste et Livie. *Sardonyx*. *.

807. Livie en Cérès. *Sardonyx*.

808. Julie, fille d'Auguste. Ce camée de sardonyx, est d'une finesse de travail admirable; il est malheureusement fragmenté.

809. Agrippa, gendre d'Auguste. *Agathe-onyx*.

810. Marcellus. *Onyx-nicolo*.

811. Marcellus. *Cornaline*.

812. Tête attribuée à Marcellus. *Sardonyx*. *.

---

(1) Toutes les pierres marquées ainsi *, paraissent modernes.

(2) D. Felibien, p. 538.

813. Tibère. *Agathe–onyx.*

814. Tibère couronné de lauriers et portant l'égide sur sa poitrine. Superbe *agate–onyx* à 3 couches.

815. Tibère. *Agate–onyx.*

816. Drusus, frère de Tibère. *Agate–onyx.* (€)

817. Drusus, frère de Tibère. *Agate–onyx.* *.

818. L'Apothéose de Germanicus, *sardonyx* à trois couches (1). Ce morceau précieux par la grandeur de la pierre et la beauté du travail, a été près de sept cents ans chez les bénédictins de Saint-Evre de Toul; et, suivant la tradition de cette abbaye, le cardinal Humbert, religieux du même ordre, l'avait apporté de Constantinople, où il alla sous le pontificat de Léon IX. Ce camée passait pour représenter Saint–Jean l'évangéliste, enlevé par un aigle et couronné par un ange. Lorsqu'on eût découvert que c'était un sujet profane, les religieux l'offrirent au Roi en 1684, époque du transport des pierres gravées à Versailles. Il a été gravé et expliqué en 1707, par Oudinet dans les *Mémoires de l'Académie des belles-lettres*, tom. 1, page 276. Depuis ce temps, on a pensé que le personnage représenté sur cette pierre était Germanicus. Cependant, ce prince n'a jamais eu les honneurs de l'apothéose; mais il

_____

(1) *Voyez* la gravure et l'explication de ce beau monument dans *l'Iconographie romaine* de Mongez, tom. 2, p. 137, pl. xxiv, n. 5, et pl. 18 du Recueil de cette notice. On vend séparément ce camée, lithographié par M. Garson. Prix, 50 c.

(2) *Visconti dans l'Iconographie, ... fois un Auguste. Sa tête n'a nullement ... la confusion de ce [...].*

peut avoir été figuré ainsi allégoriquement, au temps de Caligula, son fils, à qui nous devons presque toutes les médailles des personnages de sa famille.(*V.* le n° 819 dans la 6ᵉ montre, p. 35.)

820. Les enfans de Drusus et de Liville, têtes sortant de deux cornes d'abondance. *Sardonyx.* *.

821. Agrippine, femme de Germanicus. *Sardonyx.*

822. Agrippine en Cérès. *Sardonyx.*

823 et 824. Agrippine. *Agate-onyx.*

825. Caligula et Drusille. *Sardonyx* (1).

826. Caligula et ses trois sœurs. *Sardonyx brûlée.*

827. Claude. *Sardonyx.*

828. Claude. *Sardonyx.*

829. Claude. *Sardonyx.*

830. Claude. *Sardonyx.* *.

831. Claude. *Voyez* la sixième montre, page 34.

832. Messaline. *Voyez* la sixième montre, page 35.

833. Agrippine. *Sardonyx* à trois couches.

834. *Id. Sardonyx.* *.

835. Néron *Sardonyx.* *.

836. Néron *Onyx nicolo.* *.

837. *Id. Agathe-onyx.* *.

838. Néron avec une couronne radiée, dans un char traîné par quatre chevaux. Il tient d'une main le sceptre surmonté d'un aigle, et de l'autre la *Mappa circencis.* On lit autour ΝΕΡΩΝ ΑΓΟΥΣΤΕ.

839. Galba. *Agathe-onyx.* *.

840. Galba. *Sardonyx.*

---

(1) Voyez l'*Iconographie romaine*, t. 2, p. 156, pl. xxv, n° 8.

841. Vitellius. *Sardonyx.*

842. Vespasien. *Sardonyx.*

843 à 845. Titus. *Sardonyx.* *.

846. Domitien. *Sardonyx.* *.

847. Trajan. Superbe *Sardonyx* à 3 couches.

848. Trajan. *Sardonyx.* *.

849. *Id.* Trajan. *Sardonyx.* *.

850. Trajan et Plotine. *Sardonyx.* *.

851. Trajan combattant un lion.

852. Hadrien. *Sardonyx.* *.

852 *a* et *b*. Deux têtes de romains inconnus.

DEUXIÈME DIVISION.

A droite. — Première rangée.

853. Hadrien. *Sardonyx.* *.

854. Hadrien. *Sardonyx.* *.

855. Hadrien. *onyx–nicolo.* *.

856. Antinoüs. *Sardonyx.* On lit au bas ΑΝΤΙΝΟΟΣ ΗΡΟΣ.
*.

857. Antinoüs en Harpocrate. *Cornaline.*

858. Antinoüs en Mercure. *Sardonyx.*

859. Sabine. *Sardonyx.* *.

860. *Idem.*

861. Faustine, femme d'Antonin. *Agate.* *.

862. Marc Aurèle. *Agate.* *.

863. Marc Aurèle et Faustine. *Agate.* *.

864. Faustine, femme de Marc Aurele, *Sardonyx.* *.

865 Faustine, femme de Marc Aurele. *Sardonyx.*

866. *Idem.*

867. Marc Aurèle et Commode. *Agate-onyx.*

868. Commode jeune. *Sardonyx*. — *. .

869. Commode, buste de face. *Agathe-onyx*.

870. Commode et Crispine. *Sardonyx*. *.

871. Commode. *Sardonyx*. *.

872 et 873. Commode et Marcia. *Agate*. *.

874. Annius Verus. *Voyez* la cinquième montre, première division, page 30.

875. Albin. *Agate*.

876 et 877. Didius Julianus et Manlia Scantilla. *Opales*. *.

878 et 879. Caracalla. *Sardonyx*. *.

880. Têtes de Caracalla et de Geta, sur l'aigle romaine. *Sardonyx*.

881. *La famille de Septime Sévère* (1). Têtes de Septime Sévère et de Julia Domna accolées, en regard de celles de Caracalla et Geta. *Voy*. pl. 21 du recueil de cette notice.

882. Septime Sévère sacrifiant sur un autel, entre Caracalla et Geta couronnés par la victoire. On lit au bas ΥΠΕΡ ΝΕΙΚΗ ΤΩΝ ΚΥΡΙΩΝ. Ce sujet est relatif à ses victoires en Syrie.

883. Elagabale. *Sardonyx*.

884. Constantin à cheval, terrassant deux ennemis. *Sardonyx*.

885. Tête de Constantin. *Sardonyx*.

886. Tête inconnue.

La quatrième rangée contient onze pierres, la plupart modernes, dont les têtes sont incertaines.

---

(1) Millin, *Monum. antiq. inéd.*, t. 1, p. 178, pl. xvi.

HUITIÈME MONTRE.

Première division, à gauche.

Plusieurs camées, représentant des sujets de dévotion, et d'autres gravés dans le quinzième siècle.

887. Adam et Eve.

888. Moïse.

889. Le Jugement de Salomon.

890. L'annonciation.

891. La Vierge, l'Enfant-Jésus et trois femmes.

892. L'adoration des Mages. *Sardonyx.*

893, et 894. Jésus–Christ et la Vierge, *jaspe sanguin.* Les taches rouges ont été employées à·imiter les gouttes de sang.

895. Jésus–Christ. *Jaspe sanguin.*

896. Idem. *Jaspe vert.*

897, et 898. Jésus–Christ. *Sardonyx.*

899. Jésus-Christ. *Améthyste.*

900 à 902. La Vierge et l'Enfant-Jésus. (Le n° 901, intaille.)

903. Sainte Anne et la Vierge. *Jaspe, intaille.*

904. Comparaison de l'Ancien et du Nouveau Testament. *Sardonyx.*

905. Tête de Saint–Pierre.

906. La Madeleine.

907. Saint-Georges et Saint–Démétrius.

908. Saint-Jérôme.

909. (Au milieu). Un camée allégorique, dans lequel on voit le lion batave faisant la barbe au Neptune anglais. (M. Millin en a donné l'explication dans le

magasin encyclopédique 13ᵉ année. 1808, tome 1, page 346.

Au dessous, des têtes inconnues.

A la dernière rangée, têtes de nègres, travaillées dans des agathes qui présentaient des couches noires.

Un dragon, en jaspe rouge et verd.

Deux mains ithyphalliques en cristal.

HISTOIRE MODERNE.

910. Louis XII, de face. *Agate-onyx*.

911. (Au milieu de la montre.) François Iᵉʳ. *Agate*.

912. (Au-dessous.) Diane de Poitiers. Buste orné de diamans, placé sur une boîte de sardonyx.

Autour, les bracelets de Diane de Poitiers ; jolies gravures sur coquilles, représentant des attributs de chasse, montées en or émaillé.

913 à 917. Têtes d'Henri IV.

918. Tête d'Henri IV en Hercule, avec la peau de lion.

919. Henri IV et Marie de Médicis, gravés sur coquille.

920. Henri IV en pied, gravé sur une sardonyx antique, au revers d'une tête de Pallas.

921. Marie de Médicis. *Sardonyx*.

922. Louis XIII enfant, vu de face. *Opale*.

923. Louis XIII. *Grenat*.

924 à 926. Trois portraits de Louis XIII. 2 de *sardonyx*, 1 sur *cornaline*.

927. Anne d'Autriche. *Cornaline*.

928 et 929. Deux portraits d'Anne d'Autriche. *Sardonyx*.

930 à 932. Louis XIV. *Sardonyx*.

933. Louis XV. *Sardonyx*.

934. Le cardinal de Richelieu. *Onyx—cornaline*.

935. Le cardinal Mazarin. *Sardonyx*. On lit autour :
QUI POSUIT FINES SUOS PACEM.

936. Madame de Pompadour dans un cachet. La pierre
gravée qui est au—dessous représente un amour
tenant un lys et une inscription : L'AMOUR LES
RASSEMBLE. *prov. Du gar de ruelle. fr. Au V.*

937 et 938. Henri IV et Louis XV. *Sardonyx*. Ces deux
pendans étaient les bracelets de madame de Pompadour.

Pierres gravées par Gay.

939. Un Amour cultivant un laurier.

940. Le Génie de la Musique.

941. Un Amour jouant avec un chien.

942. La paix de 1756. La France et l'Autriche se donnant la main sur un autel.

943. La statue de Louis XV, 1763.

944. La naissance du Dauphin , en 1751.

945. Louis XV. *Grenat*.

946. Le Dauphin et la Dauphine, 1758.

947 à 949. Marie—Stuart.

950 à 952. La reine Élisabeth.

953. Tête inconnue.

954. Charles II, roi d'Angleterre.

955. Le même , coiffé d'une peau de lion.

956. Cromwell. *Jaspe sanguin*.

957. Cromwell sur une bague de *jaspe sanguin*.

958. Charles-Quint.

959. Philippe II, roi d'Espagne.

960. Requesens, gouverneur des Pays-Bas.

961. André Doria, doge de Gênes.

962. André Doria assis sur des armes.

963. Ludovic Sforce, duc de Milan.

964. Le pape Jules III.

965. Christine, reine de Suède.

966. Anne, princesse de Nassau, en 1748.

967. Laure et Pétrarque.

Il y a dans les différentes montres plus de 140 pierres qui ne sont point numérotées, parce qu'elles représentent des têtes incertaines ou inconnues.

SUR LE GRAND BUREAU, AU MILIEU DE LA SALLE.

Des montres vitrées renfermant divers objets curieux.

Première montre.

Ustensiles des Romains : clef, compas, miroir, cuillers, fourchettes, boutons, dés à coudre, aiguilles, stylets, dés à jouer, un *abacus* ou table pour compter. Deux poids de l'île de Chio, des coins à frapper les monnaies ; l'un de ces coins en fer est d'une forme singulière, il a été trouvé à Beaumont-sur-Oise, et donné au cabinet des médailles, par M. le maire de cette commune. Les deux parties de ce coin sont réunies par deux branches en fer-à-cheval s'ouvrant au moyen d'une charnière. Ce coin est de l'empereur Constance. On lit du côté de la tête, ...STANS... Le revers représente la Victoire portant de la gauche un trophée, et de la droite une palme sur son épaule. On lit autour : VICTOR...DN...

Il est gravé pl. 25 du recueil de cette notice. (*)

Au bas de la montre, une tessère en plomb, léguée en 1827 au cabinet des Antiques, par feu M. Allier de Hauteroche.

(*) V. p. 77 Mag. Encycl. Juin 1811.

ancien consul de France à Héraclée. Cette tessère, trouvée en 1794, à Béryte (aujourd'hui Beyrout) en Phénicie ; porte deux dates , l'une ΛΞΡ. l'an 161 de l'ère des Séleucides, et ΜΖ, l'an 47 de l'ère de Béryte. Ce monument a été fabriqué l'an 150 avant J.-C. Il représente un dauphin entourant un trident, et porte, outre les dates, l'inscription ΔΙΟΝΥΣΙΟΥ ΑΓΟΡΑΝΟ. C'est le nom du magistrat *Dionysius Agoranome* , ou préfet des vivres. Voyez la description de cette tessère par M. Allier, Paris, 1820, in–4°.

Deuxième montre. — Tombeau de Childéric. (1)

Objets trouvés à Tournai en 1653 , dans un tombeau que l'on crut être celui de Childéric ; au milieu une espèce de bracelet ; un cachet en or portant un buste de face, avec l'inscription CHILDIRICI REGIS ; à droite et à gauche, des abeilles. Le P. Chifflet en a donné la description. Voyez *Mém. de l'acad. des inscrip. et belles-lettres* , tom. 2 , page 66?, et les *Monumens de la monarchie française* , par Montfaucon , t. 1, p. 10, pl. 4 et 5. les autres objets trouvés dans ce tombeau sont dans la grande armoire vitrée. Voyez page 10.

Troisième Montre. (2)

Au milieu, Sceau d'or de Louis XII. Le prince est assis sur un trône ; il est vêtu des ornemens impériaux ; tient dans la main droite un sceptre, et dans la gauche le globe , signe de l'empire du monde. On lit autour : *Ludovicus Dei grat. Francorum neapolis et hierusalem rex, Dux médiolani.* Le contre-scel renferme deux écussons,

le premier de France ; l'autre écartelé d'Orléans et d'An-
jou ; on lit au bas : *los en croissant.* Les sceaux d'or sont
extrêmement rares, la grandeur de celui-ci le rend encore plus remarquable ; il a trois pouces huit lignes de
diamètre ; son poids est de neuf onces, cinq gros, dix-
huit grains, ce qui équivaut à près de quarante louis. Ce
beau sceau appartenait au prince de Monaco ; après sa
mort il a passé dans les mains d'un particulier, et le cabinet des médailles en a fait l'acquisition vers 1807. Il
est gravé pl. 26 de cette notice (1).

A côté une grande médaille de Louis XIV, au revers
de laquelle se trouve l'élévation de la façade du Louvre
telle qu'elle avait été projetée par Bernin. On sait que le
plan de Perraut fut préféré au sien.

Deux bracelets trouvés à Herculanum, sur le sque-
lette d'une femme. Une bulle d'or, trouvée à Aix,
en 1780. Des chaînes, des anneaux, une fibule, plusieurs petites amulettes en or, et des médailles d'or en-
tourées de montures en filigrane.

Une peinture antique en or, sur verre, avec cette
inscription : SAPPO FLACCILLAE.

Une boucle et une plaque d'or tenant ensemble, pa-
raissant avoir appartenu à un baudrier, ornées de fleu-
rons et d'une tête d'empereur romain en relief, au revers,
VICTORINUS M en relief. C'est sans doute le nom de
l'orfèvre. Ce bijou d'or a été trouvé à Sainte-Croix-aux-
Mines, département du Haut-Rhin. Il a été acquis pour
le Cabinet au mois d'octobre 1820.

---

(1) Millin, *Magazin encyclopédique*, juillet 1808.

(2) Elle avait été trouvée dans une vase
de Porphyre qu'on avait découvert dans
la Tour d'Aix, lors de sa démolition, en 1780.

Quatrième montre.

Objets trouvés dans la terre, à Naix, canton de Commercy, en 1809. Ce sont des colliers, des chaînes, des bagues, et autres parures de femmes.

Cinquième montre, du côté de la porte.

As romains et italiques en bronze.

L'as était, chez les Romains, un poids et une monnaie ; il était la même chose que la livre romaine, et se divisait en douze onces. L'as, monnaie réelle, valut, depuis la fondation de Rome jusqu'à l'an 537, vingt sous ou une livre de France ; après des diminutions successives, il ne valut plus, depuis le règne de Néron jusqu'à celui de Constantin, qu'environ un sou de France, sa forme et son poids diminuèrent en conséquence ; il finit par ne plus peser qu'une demi-once. Les différentes divisions de l'as furent réduites dans les mêmes proportions.

Les quatre pièces carrées sont des *quadrussis*, ou pièces valant *quatre as*. Celle du milieu, qui est ronde, et qui représente une tête coiffée du bonnet phrygien, avec cette marque II, est un *dupondius*, ou pièce valant deux as.

Sixième montre.

Médailles de grand bronze des empereurs romains.

Septième montre.

Médaillons en bronze des empereurs romains.

Huitième montre.

Médailles d'or des empereurs romains.

Neuvième, dixième et onzième montres.

Médailles de diverses contrées de la Grande Grèce et de l'Asie mineure. On varie de temps en temps les médailles exposées dans ces montres.

Douzième montre.

Médaille du temps de la renaissance des arts, par *Pisan, Jean Boldu, Sperandeus,* etc.

Treizième montre.

Monnaies des rois de France de la première race.

Quatorzième montre.

Médailles d'or des rois de France, depuis Henri IV jusqu'à Louis XIV.

Quinzième montre.

Médailles Modernes. On les expose à mesure qu'elles sont frappées à la monnaie des médailles.

Seizième, dix-septième et dix-huitième montres.

Objets divers rapportés d'Égypte par M. Caillaud.

Au bout du bureau de l'autre côté.

Un tabernacle égyptien. Ce simulacre d'un tombeau de famille est rempli de petites figures de momies en terre peinte.

Une vache antique en bronze, trouvée à Pompéi. Voyez pl. 8, n° 2 du recueil de cette notice.

Deux Ibis, oiseaux adorés des Égyptiens, conservés en momies et développés en 1810.

Au bout du bureau, du côté de l'entrée.

Un monument persépolitain, rapporté de Perse par M. Michaux, qui l'a trouvé à une journée au-dessous de Bagdad, dans les ruines d'un palais nommé les Jardins de Sémiramis, auprès du Tigre. Sa forme allongée, arrondie, et un peu aplatie, semblable à celle d'un œuf, paraît naturelle; c'est sans doute un marbre roulé dans les eaux du fleuve. On y a tracé des symboles de la religion des mages, entr'autres le serpent et les astres. Le caractère conique ou cunéiforme que l'on voit sur un autel, et qui forme la racine et l'unique élément de tout l'alphabet persépolitain, semble dérivé de la forme dont les rayons du soleil étaient représentés chez les Perses. Des monstres de diverses formes entourent et semblent garder les autels; ils présentent sans doute des allégories religieuses, que nous ne pouvons deviner. Le reste du monument est occupé par une longue inscription gravée dans des colonnes divisées en lignes transversales. L'écriture marche de gauche à droite. Les savans qui se sont occupés des diverses combinaisons de ces caractères, n'ont encore fait, pour les expliquer, aucune découverte satisfaisante.

Ce monument a été publié par Millin, *Monumens inédits*, tom. 1, pag. 58, pl. 8 et 9. Il est gravé pl. 30 et 31 du Recueil de cette notice.

Deux Sphinx égyptiens, l'un en bronze, l'autre en pierre.

4

Au milieu du bureau. Le buste en marbre de Paros, de *Marcus Modius Asiaticus,* médecin, chef de la secte méthodique, ainsi que l'apprend l'inscription grecque gravée sur le buste et sur son socle. Ce buste, du plus beau travail et d'un grand caractère, avait été envoyé de Smyrne à M. de Pont-Chartrain, ministre de la marine; il fut acheté, à la mort de ce ministre, par M. le duc de Valentinois, qui le donna, par son testament, au cabinet du Roi (1). (*Voyez* la pl. 9 du Recueil de cette notice.) A droite de ce buste, une urne cinéraire, une tête d'enfant en marbre, d'un très-beau travail; on a cru y trouver de la ressemblance avec les têtes de Néron jeune, qui se voient sur les médailles. M. Visconti avait adopté cette idée (*voyez* la pl. 10, n° 1).

Une momie de chien, et un vase d'albâtre.

A gauche, une tête de momie trouvée à Thèbes, rapportée en 1819 par M. *Cailliaud;* une urne cinéraire, un buste d'Atys d'une grande beauté (2) (pl. 4 du Recueil de cette notice.) Un vase de marbre d'une forme élégante (3).

Autour de la salle, sur les médaillers, sont placés des vases grecs. On en a figuré un, pl. 11, n° 2.

Ces *vases* ont été long-temps appelés *étrusques,* parce que ceux qui en ont les premiers donné des descriptions, les avaient regardés comme des monumens uniquement

---

(1) Caylus, tom. 6, p. 142, pl. xxxxii, et Visconti, *Iconographie grecque,* tom. 1, p. 284, pl. xxxv.

(2) Caylus, tom. 3, p. 121, pl. xxxi.

(3) *Idem,* tom. 1, p. 266, pl. xcviii.

fabriqués dans l'Étrurie (la Toscane). Depuis, on a trouvé une grande quantité de ces vases dans la grande Grèce et dans les tombeaux d'Athènes. On peut donc les appeler plus généralement *vases grecs*, quoiqu'il y en ait quelques-uns d'étrusques (1).

Sur le médailler, entre la 2ᵉ et la 3ᵉ croisée. — Tête en bronze, de l'empereur Tibère, trouvée en 1759, à Mahon, dans l'île de Minorque. (*Voyez* pl. 7, nº 1 du Recueil de la notice.)

Sur le médailler, entre la 3ᵉ et la 4ᵉ croisée. — Tête en bronze attribuée à *Cælius Caldus,* qui fut consul l'an 660 de Rome, 94 ans avant J.-C. Elle fut trouvée dans des fouilles que l'on faisait à Montmartre, en 1737; et achetée 12 francs d'un ouvrier, par M. Genevrier, médecin. (*Voyez* pl. 4, nº 1, du Recueil de la notice.)

Les médaillers ou armoires fermées contiennent des médailles et des monnaies antiques et modernes, frappées depuis l'origine de l'art monétaire et classées par ordre géographique et chronologique. Cette collection, de plus de *cent mille* pièces en or, en argent et en bronze, est la plus complète qui existe en Europe (2).

---

(1) On ne trouve point, sur les vases peints, d'inscriptions en caractères étrusques. (*Voyez* Lanzi, *sopra i vasi dipinti*; 48.)

(2) M. Mionnet, conservateur-adjoint du Cabinet des Médailles, a fait faire des empreintes en soufre des pièces les plus intéressantes de cette belle collection. On peut s'en procurer un choix selon le genre de ses études, ou la collection complète qui est de vingt mille numéros. Cette collection a pour catalogue l'ouvrage de M. Mionnet, intitulé : *Description de Médailles anti-*

Elle est consultée journellement par les savans qui s'occupent de recherches sur l'histoire, la chronologie et les arts des anciens; par les gens de lettres qui désirent des portraits des hommes célèbres, pour en orner les éditions de leurs ouvrages; par les artistes qui ont besoin d'étudier les costumes des différens peuples anciens, et le style de l'art dans diverses contrées et à différentes époques.

Les médailles de diverses sortes réunies sur le grand bureau, suffisent pour donner aux curieux une idée de ce genre de monumens.

L'origine du Cabinet des Médailles remonte à Henri IV. Le sieur de *Bagarris*, gentilhomme provençal, fut choisi par ce prince pour former sa collection. Louis XIV l'enrichit considérablement; il la fit porter au Louvre. L'abbé *Bruneau*, qui avait succédé à *Bagarris* et à Jean *Chaumont*, ayant été assassiné, on pensa à mettre ce cabinet plus en sûreté, et on le plaça près de la Bibliothèque.

Bientôt de savans voyageurs, chargés d'acheter tout

ques grecques et romaines, avec leur degré de rareté et leur *estimation*; 6 vol. in-8. et un vol. de planches. Cet ouvrage intéressant et indispensable à tous les amateurs de la numismatique, est le répertoire le plus complet des médailles connues jusqu'à présent. L'auteur y a joint un supplément dont le quatrième volume est sous presse. Par le même, *Rareté des Médailles romaines*, 2 vol. in-8°, fig. 2e édit., 1827.

ce qu'ils trouvaient de curieux, l'augmentèrent considérablement. Ce sont MM. *de Monceaux*, *Petis de la
Croix*, *Nointel* et *Paul Lucas*; il ne faut pas oublier
Vaillant, voyageur infatigable, et savant distingué. Ils
rapportèrent tous des trésors qui augmentèrent celui
du Roi.

On y réunit, en 1775, la collection formée par
M. *Pellerin*, qui montait à plus de trente mille mé-
dailles, et qui était une des plus belles que l'on connût.
Le cabinet de M. *de Caylus*, qui renfermait un nom-
bre considérable de monumens et d'antiquités en marbre
et en bronze, a beaucoup contribué à augmenter ce
Cabinet, ainsi que celui de M. *Foucaut*, et celui de
Sainte-Geneviève qui y fut joint en 1796.

On fait encore, chaque jour, l'acquisition des objets
intéressans qui se présentent, et qui peuvent contribuer
à enrichir ce Cabinet.

Parmi les noms des gardes du Cabinet des antiques et
médailles, on doit distinguer ceux de M. *de Boze*, et
du célèbre *Barthélemy*, auteur du *Voyage d'Anacharsis;*
et celui de M. *Millin*, enlevé aux lettres en 1818, et
qui a consacré vingt années de sa vie à l'illustration de
ce riche dépôt, soit par la publication des monumens
qu'il renferme, soit par ses cours publics sur la science
des antiquités.

Les marbres, statues, bas-reliefs et inscriptions, qui
forment une partie intéressante d'une collection d'antiquités, sont réunis dans une salle basse où est placé le
Zodiaque de Dendera. On pourra les voir les jours
consacrés aux *cours d'antiquités*, qui sont annoncés au

public par les affiches qui désignent l'ouverture, et les jours et heures des séances (1).

DÉPARTEMENT DES LIVRES IMPRIMÉS.

En sortant du Cabinet des médailles, on voit, à droite, une belle cuve de porphyre qui était jadis dans l'église de Saint-Denis (et dans laquelle on dit que Clovis reçut le baptême des mains de saint-Remy)

Le Parnasse français, dédié au Roi, en 1718. — En se plaçant derrière la figure à genoux, qui est celle de *Titon du Tillet* lui-même, on se trouve au point d'où la scène doit être vue. Pégase s'élance du haut du Parnasse. Apollon est assis sur le sommet et tient sa lyre ; il est représenté sous les traits de Louis XIV. Plus bas sont représentées comme les trois Grâces, madame *de la Suze*, madame *Deshoulières*, et mademoiselle *de Scudéri*. *Pierre Corneille* est debout à droite, sur le devant ; il a une flamme sur la tête, et tient un rouleau où sont inscrits les titres de ses chefs-d'œuvres, *le Cid, Cinna*. Devant lui est *Molière* assis, couronné de lauriers ; un Satyre lui présente un masque comique. En continuant de droite à gauche, suivent *Racine, Racan, Lully* portant le médaillon de Quinault ; ensuite *Segrais, Lafontaine, Despréaux* et *Chapelle*. Selon l'idée de Titon du

---

(1) *Notice sur le Zodiaque de Dendera et sur son transport en France*, avec un Résumé des principales opinions et des systèmes les plus remarquables des Antiquaires, des Géomètres et des Astronomes, sur ce monument ; par M. Dumersan. Prix : 3 fr. Chez M. Journé, rue Neuve-des-Petits-Champs, n. 12.

[note manuscrite en marge :] Elle fut apportée de Poitiers, et donnée par Dagobert. v. D. Félibien. p. 20, et ....

Tillet, ces neufs poètes remplacent les neuf Muses, et la nymphe de la Seine tient la place de celle de la fontaine de Castalie. Les figures de Voltaire, de J.-B. Rousseau et de Crébillon, y ont été jointes depuis. Plusieurs médaillons de poètes et de musiciens sont portés par des génies ou suspendus à des lauriers et à des palmiers. Les principaux sont ceux de Marguerite de Navarre, Clément Marot, Malherbe, Maynard, Santeuil, Voiture, Sarrazin, Scarron, Fontenelle, etc. Sur plusieurs rouleaux sont gravés les noms de plus de 160 poètes et musiciens. Voyez *Description du Parnasse français*, etc., par M. Titon du Tillet, Paris, 1760, in-fol.

Dans la même galerie sont placés les bustes en marbre de Jérôme *Bignon*, bibliothécaire, né en 1590, mort en 1656, et de Jean-Paul *Bignon*, abbé de Saint-Quentin, aussi bibliothécaire, né en 1662, mort en 1743.

Au bout de cette galerie est placé le modèle des Pyramides d'Égypte, fait par M. le colonel *Grobert*.

Dans un salon à gauche, se trouvent les deux beaux globes de *Coronelli*, frère mineur, né à Venise, et mort en 1718. A droite est le globe céleste; à gauche le terrestre. Ils étaient jadis à Marly, et furent placés à la Bibliothèque en 1731.

Pour qu'on pût les voir plus commodément, on arrangea deux salles l'une au-dessus de l'autre, et le plancher fut percé en deux endroits où l'on circule autour d'une balustrade en fer.

Les globes ont trois mètres quatre-vingt-sept centimètres, ou onze pieds onze pouces six lignes de dia-

mètre, ce qui fait 11 mètres ou 34 pieds 6 pouces de
circonférence. Les grands cercles de bronze qui en sont
les horizons et les méridiens, sont l'ouvrage de *Butter-
field* : ils sont posés chacun sur un pied en bronze orné
d'une boussole. On voit sur ces globes plusieurs inscriptions à la louange de Louis XIV, qui apprennent qu'ils
ont été dédiés à ce prince, par *César*, cardinal d'Estrées,
en 1683. Le portrait du monarque s'y trouve peint,
ainsi que celui du savant *Coronelli*, autour duquel on
lit cette inscription italienne :

*FR. Vencenzo Coronelli M. C. suddito cosmografo et
lettore publico. F. V. Coronelli cosmog. publ. atlante
Venetto.*

Au fond de la dernière salle des livres imprimés, on
voit sur une table, et renfermée sous verre, une Ma-
chine uranographique, où toutes les planètes avec leurs
satellites sont mis en mouvement à volonté, au moyen
d'un mécanisme ingénieux et simple, dont l'inventeur
est M. Charles *Rouy.*

Plus loin, une statue de *Voltaire* en plâtre bronzé,
moulée sur la statue en marbre exécutée par M. *Houdon.*

Les livres sont partagés en cinq classes : la *Théologie*,
la *Jurisprudence*, l'*Histoire*, la *Philosophie* et les *Belles-
Lettres.* Ces cinq classes sont soumises à des subdi-
visions.

L'ordre est conservé pour les classes, au moyen de
lettres ; et, pour les volumes, par des chiffres et des
sous-chiffres, qui se rapportent à des catalogues. Il en
existe vingt-quatre volumes manuscrits, cinq imprimés,

et des supplémens considérables. Ils sont rangés les uns par ordre alphabétique, et les autres par ordre de matières.

On communique les livres aux personnes qui les désirent et qui peuvent lire ou travailler sur des bureaux placés dans les galeries.

Tous les livres sont estampillés en dedans, à la première ou deuxième feuille, afin de les faire reconnaître, si par hasard, ou par malveillance, il s'en égarait quelqu'un.

Le premier de nos rois qui eut une bibliothèque, fut Charles V. Elle était placée au Louvre dans la tour de la librairie, gardée par *Gilles Mallet*, et n'était composée que de neuf cent—dix volumes manuscrits. Elle fut dissipée sous le règne de Charles VI, et celui de Charles VII fut trop orageux pour que ce prince songeât à la rétablir. Sous François Ier, elle n'était encore que de deux mille volumes, mais l'imprimerie venait d'être inventée, et ce roi, qui aimait les sciences et les arts, l'augmenta beaucoup, et la fit placer dans le château de Fontainebleau. Catherine de Médicis l'enrichit considérablement de médailles et de manuscrits qu'elle apporta de Florence. Les troubles de la ligue vinrent encore détruire cette collection, et les restes en furent déposés dans une maison de la rue de la Harpe, puis dans l'enceinte du couvent des Cordeliers.

En 1666, Colbert la fit transporter près de son hôtel, dans la rue Vivienne, afin de la rapprocher du Louvre, où Louis XIV voulait la placer magnifiquement.

Pierre et Jacques *Dupuy*, qui avaient eu successive-
ment la garde de cet établissement, l'avaient augmenté
par le legs de leurs livres. *Gaston* de France, duc d'Orléans, pria le Roi, par son testament, d'accepter sa bibliothèque et les diverses curiosités qu'il avait rassem-
blées. *Hyppolite,* comte de Béthune, lui donna aussi,
par son testament, quinze cents volumes in-folio manuscrits, intéressans surtout pour l'histoire.

La bibliothèque prit alors un plus haut degré d'ac-
croissement. Louis XIV envoya dans tous les pays du
monde, avec des dépenses extraordinaires, des savans
et des personnes intelligentes, pour faire la recherche
et l'acquisition de livres, d'estampes et de médailles.

On acheta les cabinets et les bibliothèques d'Auguste
de Loménie, comte de Brienne, de Fr. Roger de *Gai-*
gnières, de Charles *d'Oster*, fameux généalogiste; les
manuscrits d'Étienne *Baluze ;* enfin ceux de *Colbert*, qui
possédait la collection la plus considérable de l'Europe.

Le legs qu'avait fait le savant HUET, évêque d'Avran-
ches, de sa bibliothèque, à la maison des Jésuites, étant
devenu nul par la destruction de cet ordre, cette bibliothèque fut rendue juridiquement à l'héritier de ce
savant prélat, M. de Charsigné, abbé de Fontenay, qui
en fit hommage au Roi. Ces huit mille deux cent soixante-
onze volumes, presque tous avec des notes de la main
de Huet, furent réunis à la bibliothèque royale. Quelques temps avant, elle s'était encore enrichie de près
de douze mille volumes de la bibliothèque de *Falconet*.

En quelques années, la bibliothèque du Roi posséda

Mars 1720. ordonnances p.r le transport des
Médailles à Paris. — Elle en exécutée en 1741.

—

14 7bre 1721.

pour la Régence

par un arrêté du Conseil
la B... fut installée dans la grande
Galerie de la Banque rue Richelieu.

environ trente-trois mille manuscrits et cent mille volumes imprimés.

Elle n'était pas alors à la moitié de sa splendeur. La
destruction des couvens et des maisons religieuses a beaucoup contribué à sa richesse.

On comptait dans Paris plus de trente bibliothèques,
dont les principales étaient celles des *Jacobins*, des *Feuil-
lans* et des *Capucins* de la rue Saint-Honoré ; celles de
la *Sorbonne*, de l'abbaye *Saint-Victor*, de *Saint-Ger-
main-des-Prés*, des *Blancs-Manteaux*, etc. Les uns
possédaient dix à douze mille volumes, les autres vingt
à vingt-cinq mille. La bibliothèque a puisé dans ce fond
tout ce qu'il y avait de plus rare et de plus utile.

L'immense quantité de livres qui a été composée depuis le règne de Louis XIV, et qui ne cesse de s'accroî-
tre en Europe depuis trente ans, et en France depuis la
liberté de la presse, n'a pas peu contribué à l'augmenter.
Enfin, ce vaste dépôt des connaissances humaines va
porter aux siècles les plus reculés le fruit des savantes
veilles et des utiles travaux, en même temps que les
productions légères qu'un jour avait vues naître et mou-
rir. On y compte maintenant plus de *sept cent mille*
volumes.

L'entrée de la Bibliothèque est dans la rue de Richelieu. On monte aux galeries par un fort bel escalier,
dont la rampe en fer est un ouvrage remarquable de
serrrurerie. Le plafond de cet escalier était autrefois
orné de peintures, d'un italien nommé *Pelegrini*, qui
les avait faites du temps du cardinal Mazarin. On a été

obligé de raccommoder ce plafond qui tombait de vé-
tusté, et les peintures ont péri.

On entre de cet escalier dans une grande galerie sé-
parée en trois parties, formant deux retours d'équerre.
Elle a environ deux cents vingt-cinq mètres ou cent quinze
toises de longueur, et est éclairée par quarante-six croisées donnant sur la cour. Sur les murs, sont distribués,
dans toute la hauteur, des corps d'armoire d'une me-
nuiserie sculptée. Cette hauteur est divisée par un balcon
en saillie qui règne tout autour de la bibliothèque, et qui
sert à atteindre les livres dans la plus grande élévation :
on y monte par de petits escaliers pratiqués derrière
la boiserie.

La Bibliothèque est ouverte aux curieux les *mardis* et
vendredis, depuis dix heures jusqu'à deux. Ses vacances
commencent le premier de septembre, et finissent le 15
d'octobre.

DÉPARTEMENT DES MANUSCRITS.

Après avoir descendu le grand escalier, il faut pren-
dre un petit escalier à droite qui conduit au département
des estampes et à celui des manuscrits.

Le département des manuscrits occupe six pièces,
au nombre desquelles est la galerie Mazarine, longue
de quarante-quatre mètres ou vingt-trois toises deux
pieds sur trois toises quatre pieds de large. Elle faisait
anciennement partie de l'appartement du cardinal Mazarin. Elle est éclairée par huit croisées ornées de paysages peints par *Grimaldi Bolognèse*. En face des croisées
sont des niches ornées de peintures du même. Elles sont

maintenant cachées par des tablettes remplies de manuscrits. Le plafond de cette galerie est très-beau ; il a été peint par *Romanelli*, en 1651. Il représente divers sujets de la fable, entremêlés de camaïeux, de médaillons et d'ornemens très-bien exécutés. Les peintures des autres salles sont, dit-on, de plusieurs élèves de *Romanelli*. La plupart des manuscrits renfermés dans ce riche dépôt sont de la plus grande rareté.

Il y a, dans les montres sous verre, des manuscrits de différens genres exposés aux regards des curieux.

Ce cabinet renferme environ *cent mille* manuscrits, grecs, latins, français, dans les langues orientales, et dans celles de toutes sortes de peuples.

CABINET DES ESTAMPES.

Dans l'escalier des Manuscrits, à l'entresol.

La première pièce offre un choix d'estampes encadrées, précieuses par leur beauté et par leur rareté. Elles donnent une idée des plus belles pièces dans chaque genre. On peut s'en procurer *la notice* au Cabinet des Estampes, en s'adressant au garçon de service ; ce qui fait que nous n'entrerons ici dans aucun détail.

Les armoires de cette pièce, ainsi que celles de la galerie à côté, renferment environ quatre mille volumes, contenant près de *deux millions* d'estampes de costumes, de paysages, de portraits des meilleurs maîtres ; des suites historiques, mythologiques, etc., et des œuvres complètes de *Raphaël, Michel-Ange, Poussin, Le Brun, Le Sueur, Edelinck, Nanteuil, Schmidt, Audran, Jules Romain, Mariette, Moreau*, et des meilleurs graveurs.

Cette collection est précieuse, non-seulement pour les
artistes et les amateurs, mais même pour tous les curieux qui peuvent demander, pour les voir, des recueils
de costumes, de paysages, de fleurs, ou des collections
telles que la galerie de Florence, celle du Palais-Royal,
celle du Musée français, et d'autres.

FIN.

www.ingramcontent.com/pod-product-compliance
Lightning Source LLC
Chambersburg PA
CBHW060800180626
46818CB00002B/634